无敌钥匙奶奶：典藏版．第二季

钥匙奶奶和宠物侦探团

[日] 手岛悠介 著
[日] 冈本飒子 绘
林少华 译

人民东方出版传媒
People's Oriental Publishing & Media
東方出版社
The Oriental Press

图字：01-2023-2519号

图书在版编目（CIP）数据

无敌钥匙奶奶：典藏版．第二季．钥匙奶奶和宠物侦探团 /（日）手岛悠介著；（日）冈本飒子绘；林少华译．—北京：东方出版社，2023.10
ISBN 978-7-5207-3556-8

Ⅰ.①无…　Ⅱ.①手…②冈…③林…　Ⅲ.①童话—日本—现代　Ⅳ.①I313.88

中国国家版本馆 CIP 数据核字（2023）第 127512 号

无敌钥匙奶奶：典藏版．第二季
（WUDI YAOSHI NAINAI: DIANCANGBAN. DI-ER JI）

作　　者：［日］手岛悠介
绘　　者：［日］冈本飒子
译　　者：林少华
策 划 人：黄　娟
责任编辑：潘朵朵
责任审校：曾庆全　孟昭勤
出　　版：东方出版社
发　　行：人民东方出版传媒有限公司
地　　址：北京市东城区朝阳门内大街 166 号
邮　　编：100010
印　　刷：北京文昌阁彩色印刷有限责任公司
版　　次：2023 年 10 月第 1 版
印　　次：2023 年 10 月第 1 次印刷
开　　本：880 毫米 ×1230 毫米　1/32
印　　张：35.5
字　　数：200 千字
书　　号：ISBN 978-7-5207-3556-8
定　　价：240.00 元（全 10 册）
发行电话：（010）85924663　85924644　85924641

译　序

这套“无敌钥匙奶奶”系列故事，是写给小学生，尤其是低年级小学生的课外读物。一套十本。除了“钥匙奶奶”，每本出场的小学生和老师等人的名字各不相同，故事也不一样。因此，既可以作为系列故事阅读，又可视为各个相对独立的故事。

故事有很强的现实性，几乎每本都围绕儿童成长过程中时常遇到的一个问题展开。比如本来学习数一数二的孩子考试突然考了“35分”时应该怎么办？受到老师意外严厉的不公平的批评时应该怎么办？被同学误会了而自己又很难解释时应该怎么办？遇到个别同学对刚来的转学生或者外国学生不够友好时自己应该怎么办？爸爸妈妈因为工作忙而无法给自己办生日庆祝会时应该怎么办？同学患病的弟弟相信世界上真有圣诞老人并且想在平安夜见圣诞老人时自己应该怎么办？自己养的宠物狗被坏人拐跑时应该怎么办？去外国旅行时碰上莫名其妙或者感到害怕的场景时应该怎么办?

也就是说，这十本书关乎学习，关乎爱心，关乎勇气，关乎友谊，关乎同学之间的交往，关乎师生之间的关系，关乎求知欲、好奇心和想象力，也关乎亲子之间的理解和情感。对此，书中不仅提出了令人心悦诚服的解决方案，而且故事本身不落俗套，十分引人入胜。作者以敏锐的感觉、轻灵的笔触、温馨的情思刻画出了一个个善良勇敢、蓬勃向上、生动可爱的男孩儿女孩儿形象，为儿童的成长提供了许多有益的启示。

与此同时，“无敌钥匙奶奶”系列故事还有明显的童话元素。这集中体现在“钥匙奶奶”身上。她无所不能，来去无踪，总是在“钥匙孩儿”(因父母上班不在家而自己带钥匙的孩子)最需要帮助的时候忽然出现，又忽然消失。对于孩子——当然包括非“钥匙孩儿”——钥匙奶奶既是奶奶，又是妈妈、姥姥以至所有关心下一代的成年人的化身。她慈祥、坦诚、机智、幽默，不仅在现实生活中为孩子们排忧解难，而且以丰富的知识和阅历在思想品德上言传身教，告诉孩子如何做人，激发孩子的求知欲和想象力。前面说了，钥匙奶奶是唯一贯穿十本书的主人公。她像黄昏时分绚丽的夕晖，照得每个孩子发出动人的光彩，又像夜半旅途远方的灯火，引导孩子迈出坚实的脚步。

在这个意义上，这套书可以说是非童话体裁的童话，是极具日常现实性的童话。

曾几何时，童话字里行间静静流淌的小溪，滋润着你心间刚刚萌发的幼苗；童话纸页闪烁的点点银星，引发过你无边的遐思和幻想。而同时激起的初心和人生图像，无疑是你一生最可宝贵的精神财富。而现在，网络上的图像和视频在很大程度上消解或固化了童话催生的内心视像，限制了跳跃性思维的生成和发展。

跳跃性思维关乎悟性。什么是天才，天才就是悟性好的人。即使在这个意义上，也要回归童话，回归文字阅读。说绝对些，没有文字阅读，就没有童话。

文字阅读，当然要阅读好的文字。尤其是儿童，更要阅读好的文字。这是因为，儿童的语感、语言感受力十分稚嫩、敏感和脆弱。如果经常接触不适当的语言文字，势必影响儿童语感的萌发和形成，进而影响对于语言文字的审美感觉。也就是说，语感关乎美感，而美感关乎幸福感。幸福从何而来？无须说，在温饱不成问题的前提下，更多地来自日常性审美感受和审美能力。而语言文字审美占了其中很大一部分，甚至是其他审美感受的基础。

举两个最简单的例子。早上出门碰上好天气时，想起“天朗气清，惠风和畅”的人相比于想不起来的人，肯定要高一个审美层次。同样，看见一轮明月，想起“明月几时有”，看见晚霞，想起“落霞与孤鹜齐飞”的人，肯定比想不起来或者无动于衷的人多几分幸福感。正是在这个意义上，我曾说如果一个人不懂宋词之美，那可真是赔大了、损失大了——那等于主动放弃了几乎不用花钱就能得到的幸福感、“不劳而获”的幸福感！

然而必须说，现在的儿童读物、儿童文学，好的文字、好的语言似乎不是很多。至少我接触的翻译作品，情况大体如此。可能有不算很少的作者、译者觉得反正是给小孩子看的玩意儿，何必那么较真儿！而我认为，大人看的东西倒也罢了，而给儿童看的，必须较真儿，怎么较真儿都不为过。正是出于这样的认识、这样的使命感——请别怪我狂妄——我接受了东方出版社的翻译邀请，七十岁的我得以“冒充”七八岁、十来岁的儿童来翻译这十本书。这让我重拾童心，重回童年少年岁月，那真是一种妙不可言的幸福感。

但愿无数小读者在读的过程中，也会获得妙不可言的别样幸福感。我期待着！

二〇二三年于乡间书屋

时九台秋高气爽花果飘香

（林少华，文学翻译家，散文家，学者，中国海洋大学教授。祖籍山东蓬莱，1952 年生于吉林九台。毕业于吉林大学研究生院。曾任教于暨南大学、长崎县立大学，亦曾在东京大学从事学术研究。著有《落花之美》《为了灵魂的自由》《乡愁与良知》《高墙与鸡蛋》《雨夜灯》《异乡人》《小孤独》《林少华看村上：从〈挪威的森林〉到〈刺杀骑士团长〉》《言之无文行而不远》《林少华的文学课》。译有《挪威的森林》《海边的卡夫卡》《奇鸟行状录》《刺杀骑士团长》等村上春树系列作品，以及《心》《我是猫》《罗生门》《雪国》《金阁寺》《失乐园》《在世界中心呼唤爱》等日本名家作品凡一百余部，广为流布，影响深远。2018 年以其杰出的翻译成就和对中日文化交流的贡献获日本“外务大臣奖表彰奖”。）

目录

敲开“命运”的门

忙乱的“师走”月——十二月也写作“师走”月[①]——那是去年的事了。尽管时值手忙脚乱的年末，但阿玄和达也仍在港町公园里悠闲地踢球玩耍。踢完回家的路上，达也忽然想起了什么，说：

“奈美的公寓楼，允许养宠物了。奈美她买了一只特可爱的小狗。”

① 译者注：“师走”在日语中意为“老师奔走”，此处比喻忙乱。

听到“小狗”，喜欢狗的阿玄停住脚步。

奈美是同级生，和阿玄、达也同是钥匙孩儿。

“什么样的狗？”

“不是美国可卡犬，也不是英国可卡犬。”

“莫不是考克斯班尼犬？”

“噢，是的，是考克斯班尼犬。阿玄你家的‘海港之家’公寓也好，我家的‘萨尼公寓’也好，都不准养猫养狗。能养的顶多是锹形甲虫、油虫、金鱼、乌龟什么的。这也……”

达也哼起贝多芬的《命运交响曲》有名的旋律：

“嗒嗒嗒、嗒——！”

“噢，《命运》啊！养一只锹形甲虫对付对付算了！……那、再见！”

“唔，拜拜！”

两人扬手告别。

此后一年过去。“师走”十二月又转了过来。但上了三年级的两人的“命运”大不一样了。

达也养的依然是锹形甲虫，阿玄却养了一只可爱的家犬，那是一只五个月大的杂交母狗，名字叫“白兰瓜”。

白兰瓜有马耳他犬血统，毛有些长，全身白色，只有两只耷拉的耳朵是灰色的。

白兰瓜是这年秋天妈妈的朋友送给阿玄的。由于妈妈和阿玄严格管理它的拉撒，近来它已不再随地大小便了。

达也总是羡慕地说：

“阿玄，今天也和白兰瓜玩来着？我也去好不好？”

“好，在港町公园玩皮球，只管过来！”阿玄痛快地回答。

他觉得好像有些对不住不能养狗的达也。

两人的“命运”为什么这么不同呢？

说起来，阿玄的妈妈从阿玄那里听说奈美住的公寓楼的情况后，跟爸爸商量说：

“听说小奈美家的公寓可以养宠物了，阿玄很是羡慕。我想阿玄已经能够照顾小狗了。”

爸爸吃惊地说：“打算养狗？不违反规定吗？”

“规定是‘不得养狗’，弄得公寓楼的孩子们怪可怜的。我想让孩子跟有血有肉、能和人感情相通的动物一起玩，离开电子游戏那样的人工世界。你去给这里的物业说说，就说是‘为了创造未来世界的孩子们’——长野冬奥会是这样说的吧？”

“不给别人添麻烦的饲养方法，那应该也是有的吧！市政府里也许有‘集约住宅宠物饲养方法’方面的资料。另外，你再去查一下奈美家公寓楼制定的饲养规则可好？”

妈妈和“海港之家”的住户也说了，同时向物业建议成立“宠物协会”，以便让养主负起责任。

　　这么着，阿玄得以大大方方养起宠物来。

　　公园运动场里常有三个钥匙孩儿和两只狗的身影：阿玄、奈美、达也，两只狗嘛，一只是阿玄妈妈给扎了红蝴蝶结的白兰瓜，一只是奈美的贝贝。

　　“命运”这东西，或许不是一开始就规定好了的，而是像门那样的东西，只要不屈不挠地敲门不止，那么门总会开的：“请进！”

白兰瓜不见了

十二月二十四日，平安夜，妈妈会给阿玄买五颜六色的蛋糕。拿到成绩通知单的阿玄，一边想着白兰瓜，一边连蹦带跳地回到“海港之家”公寓三楼的家里。

一开门，早已等在门口的白兰瓜忘情地飞扑过来，像是在说“你可回来了，正等你，等得好苦！”。

“白兰瓜，我回来了！够寂寞

的吧？好了好了，白兰瓜，我回来了哟……”

白兰瓜一次次扑过来，越扑越高，然后“汪汪”叫着在走廊里打滚儿，露出圆鼓鼓的肚皮。阿玄抱起它来，紧紧贴着它的脸。

等阿玄等得这么苦，真是让人心疼……

“想撒尿了吧？好，走吧，散步去！”

阿玄放下装有成绩通知单的书包，揪上一把卫生纸，连同塑料袋一起塞进衣袋，给白兰瓜的脖子扎上红蝴蝶结。

上了电梯，他把白兰瓜抱了起来。

“乘电梯时务必抱起爱犬”，这是“宠物协会”的规定。

白兰瓜憋尿大概憋了很久，一下接一下尿了好一会儿，尿完又在墙根拉臭臭。

阿玄用卫生纸包起臭臭，装进塑料袋，再把白兰瓜的屁股擦干净。

这事一点儿也不让人厌烦。

“白兰瓜，下午和达也他们在公园玩，傍晚再去散步。明天放寒假，你就再也不会寂寞了。”

阿玄像对待朋友那样和白兰瓜说话。

这天下午，港町公园运动场——

“白兰瓜，捡球去！”

阿玄拿起网球，使出浑身力气往远处扔去。球给北风吹得拐了个弯。

白兰瓜如醉如痴地随后追球，然而不肯叼球返回。

“把球叼回来！叼回这儿来！”

不管阿玄怎么喊叫，白兰瓜都不理不睬。

这样，每次投球阿玄都必须和白兰瓜一起奔跑，从叼着球不放的白兰瓜嘴里拿出球，再投往相反方向。

往北投就往北跑，往南投就往南跑。阿玄跑出一身大汗，寒冷不翼而飞。

“不及格啊，白兰瓜，和贝贝差得太多了！”

贝贝像猎犬那样一口叼起骨头形状的玩具，直接跑回奈美身边。

奈美得意扬扬地说：

“阿玄，这是每天训练的结果，只能训练，没别的办法。”

“可那不累趴下了？”达也对用手背擦汗的阿玄说。

“投球，换个方向投！一定要把白兰瓜培养成日本第一拾球名犬，不能败给贝贝！”

达也在寒风中往东投往东跑，又往西投往西跑。

这天傍晚，阿玄如约带白兰瓜出去散步，当然也带上了球。他想，即使不能成为“拾球名犬”，也至少不能败给贝贝才行。

现在他在附近一座图书馆旁边的院子里练习投球。

但仍然是重复运动，投了跑，跑了投。听过希腊神话西西弗斯国王的故事吗？

西西弗斯因犯了欺骗死神之罪而被打入地狱，必须不断地把滚落下来的大石头推上山顶。推上去滚下来，滚下来推上去，如此反复不止。

而阿玄就好像西西弗斯国王，翻来覆去做这种投跑运动。这当中，响起问路人的声音：“小同学，海港小学在哪儿？能告诉我吗？”

阿玄刚开始投球，叫一声“看球，白兰瓜！”，然后把球往远投去。听得有人问路，就回过头去。

一位衣着入时的“阿姨”站在那里，头发染成金褐色，身穿雪白雪白的大衣。

“海港小学就是我们学校。沿这条路一直走，到头往左拐，不出五分钟就是。”

“谢谢！那么，知道学校旁边的井上家吗？院子里有百日红树的人家。”

“阿姨”倒有点儿像是弱不禁风的男人。

“井上家？不知道啊！”

“那么，小同学，不好意思，把我领去海港小学可好？我是个路痴。”

“不成，我正忙着呢！”阿玄一口回绝。

“那、去海港小学，沿那条路一直走，走到头往右拐，是吧？”

“不对，往左拐。”

这“阿姨”，不但厚脸皮，还好忘事。

“刚告诉我，我就记错了——我是个傻瓜阿姨啊，真是个傻瓜阿姨。那、再见！”

“阿姨”微微一笑，匆匆离去了。

阿玄皱起眉头。

好怪的“阿姨”！女的男的？……咦，白兰瓜呢？

白兰瓜不见了。球好像飞去了树叶落光的棣棠树丛那里。阿玄朝那边跑去。

“白兰瓜！白兰瓜——”

那里没有白兰瓜，球也没见到。

四周变得昏暗起来。

“怎么回事？白兰瓜在哪儿……”

图书馆后面通向另一侧的大街。

万一！阿玄脸一下子青了。

莫非刚才和那个“阿姨”说话而没留神到的那一瞬间，白兰瓜独自跑去那里了？

“白兰瓜！你在哪儿？白兰瓜——”

从图书馆前面的水池附近到旁边的体育馆，阿玄找了一圈，但哪里也没找见。

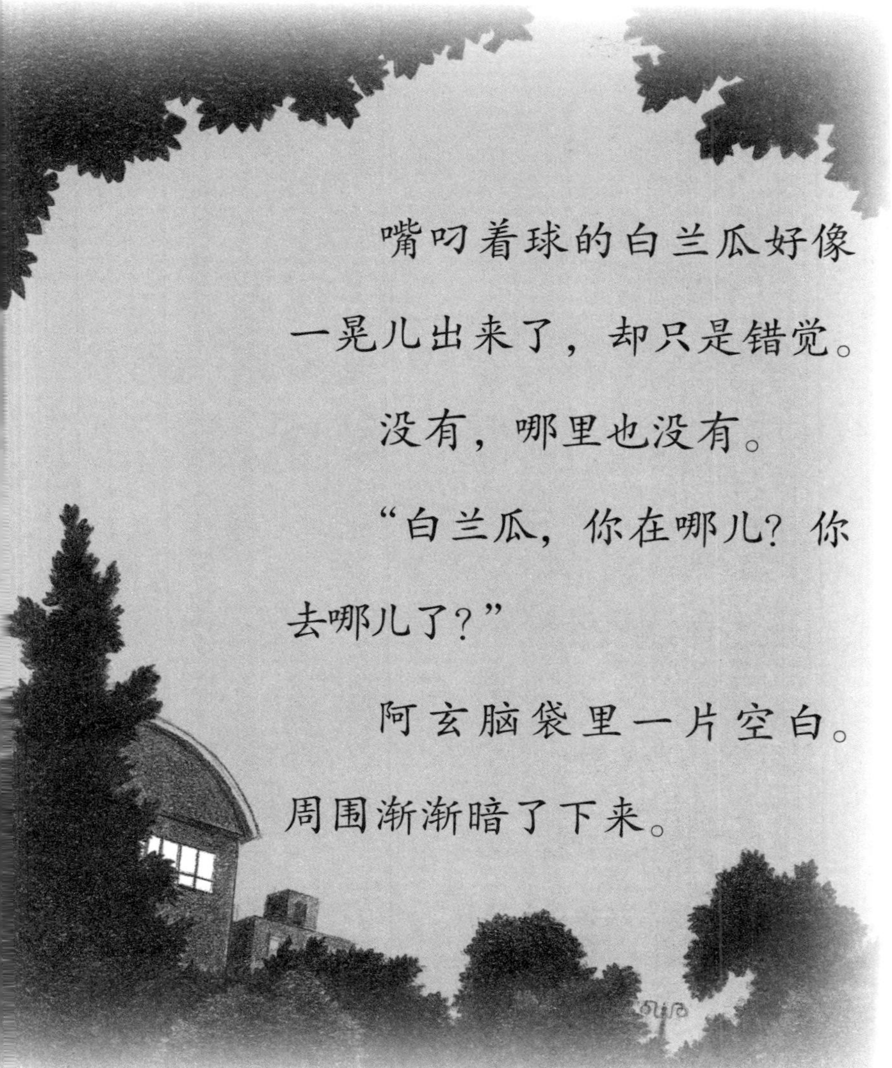

嘴叼着球的白兰瓜好像一晃儿出来了，却只是错觉。

没有，哪里也没有。

“白兰瓜，你在哪儿？你去哪儿了？”

阿玄脑袋里一片空白。周围渐渐暗了下来。

没准儿自己回家了？白兰瓜不会乘电梯，说不定在一楼门厅里……

阿玄拔腿就跑。但一楼门厅也没有白兰瓜的影子。阿玄瘫痪似的坐了下去。

达也……叫达也过来好了！

阿玄跳上电梯，到了自己家，在一团漆黑中按下走廊电灯开关，拿起听筒，手抖个不停。

“达也？我、我是阿玄……”

“怎么了？声音好怪……”达也的声音尖尖的。

“白兰瓜、白兰瓜不见了。在图书馆旁边不见的……达也，求求你，帮我一起找找好吗？”

“明白了，这就去。往哪里去？”

“在图书馆门前等你。”

阿玄找出手电筒，给妈妈留了个纸条：

白兰瓜不见了，我去找它。 阿玄

仿佛冻僵的夜色笼罩着街道。刚到图书馆，达也就上气不接下气地跑了过来。

阿玄说了情况，之后两人开始在白兰瓜不见的一带重新寻找。

“白兰瓜……白兰瓜！”两人打开手电筒，把图书馆四周的树丛仔仔细细找了一遍。

海港小学、港町公园那边也去了。

白天阳光灿烂的公园，现在戴上了黑夜可怕的面具，用怪洞般的眼睛从树木黑影中瞪视两人。

“达也，这里没有。到商业街那边看看去！”

两人从商业街到小巷的每一个角落，到处找个不停。

阿玄像说梦话似的一声声叫着“白兰瓜、白兰瓜”。

达也鼓励他说：“坚强些！白兰瓜能找到，绝对能找到！”

“可要是给谁领走了……”

“放心，不会的。咱们找！”眼望前面的达也尖声说道，“阿玄，你妈妈来了！喏……”

阿玄抬头一看，妈妈在街灯光下小步跑了过来。

这天夜里，阿玄没有睡着。迷迷糊糊当中，不知什么时候自己握住了汽车方向盘。

我不会开车！

他想踩刹车踏板，不料踩的却是油门踏板，车像过山车一样猛地加快速度。眼前忽然有什么扑了过来——白兰瓜！

“啊！”车把白兰瓜撞飞了。

浑身是血的白兰瓜蹿上天空……

魇住了，阿玄睁眼一看，深夜十二点半。他的脑海中闪过一个镜头：一楼门厅，白兰瓜回来了！

阿玄下床穿上裤子，披上短大衣，轻轻开门，以免惊动爸爸妈妈。

身后响起妈妈的声音：

“下一楼？妈妈也去。”

妈妈披上棉睡袍，和阿玄一起下楼。

电梯门开了，一个人也没有的门厅空荡荡冷飕飕的，连白兰瓜的影儿都没有。

“白兰瓜，到底怎么样了呢？”

在这气温降到零下的深更半夜，白兰瓜究竟在哪里，处于什么状态呢？阿玄胸口一阵阵作痛。

在上楼的电梯上，妈妈说：

“天亮了，爸爸和妈妈打算再找一次白兰瓜。”

这么深的夜里起来，对于阿玄来说，是人生第一次。到处都是一片漆黑，很吓人，就好像来到时间的背面。

折回房间，妈妈给阿玄热了一碗汤。

餐桌上放着昨晚谁也没吃的圣诞蛋糕，蛋糕盒仍扎着礼品带。

妈妈说：

“撒撒传单吧！明天早上打一张传

单，告诉大家‘白兰瓜下落不明’。应该有谁看见白兰瓜，肯定有消息回来。可问题是，妈妈爸爸都得上班吧？你能去文印店把打好的文稿复印二百张吗？”

“好，我去复印，印完张贴。”

“麻烦你了。快睡吧！白兰瓜肯定会回来的。”

阿玄折回自己房间，钻进被窝。也许是因为发传单这个希望，他不知不觉沉沉睡了过去。

睁眼醒来时，天光大亮。

妈妈爸爸已经上班了。餐桌上有一张便条：

早上和爸爸骑自行车找了一圈白兰瓜。

妈妈不会灰心。白兰瓜肯定会回来。

别忘了买贴传单的图钉和自粘胶带。

蛋糕在电冰箱里。

你的妈妈

桌面上还有附带照片的传单稿和装钱的信封。

寻 狗 启 事

- 丢失场所　港町图书馆西院
- 丢失时间　平安夜

品种　类似马耳他犬的杂交狗（小型母狗）
名字　白兰瓜（出生五个月）
毛发　全身白色，略长，仅耳朵灰色
个性　调皮好玩，喜欢皮球

■ 哪位见到后告诉失主，一定送礼致谢

港町 1—2“海港之家”34　山田玄（港小三年级）
电话　012-3456-7890
电话无人接听时，请在留言中告知尊姓大名和电话号码

“宠物侦探团”的搜寻行动

阿玄用微波炉热了煎蛋卷。吃完早餐，门铃响了，听筒里传来达也的声音。

“白兰瓜怎么样了？回来了？”

“还没有。我这就下去。”

门外站着达也和领着贝贝的奈美。

达也说：

“咱们三人一起去找白兰瓜吧。”

“嗯。先去复印传单。文印店开了吗？”

奈美好笑似的说：

“你以为现在几点？十点都过了哟！”

达也接道：

“复印完了，咱们三人贴传单，打探打探。今天非把白兰瓜找回来不可。我们是宠物侦探团！”

“妙！我们三人也是少男少女侦探团！”

这的确是值得信赖的达也的口气。

——三人宠物侦探团首先去了文印店，复印二百张传单，买了图钉和自粘胶带。

奈美向店里的阿姨出示传单：

“这只小狗走丢了。请问您有没有在哪里看见过？”

阿姨看着传单说：

“没看见啊！这么可爱的小狗……这传单，能给我两三张吗？贴在我家店前和拐角电线杆上好了！要是有人看见这小狗，会打电话的。”

阿姨少收了一点儿复印费。

——三人侦探团开始到处张贴传单。

“那面墙，不正合适？”这么商量

着，大家用图钉或自粘胶带往显眼的墙上、电线杆上固定传单。

每遇到一个人他们就打听白兰瓜：

“请问看没看见这只小狗？”

从超市出来的阿姨、店里的店员、正在玩耍的小孩子，就连“宅配送”[1]的快递小哥也都问到了。

但回答只有一个：“没看见啊！”

贝贝也好像累了。

临近中午，阿玄的肚子咕咕直响，好像在说“肚肚瘪了，肚肚瘪了”。三

① 译者注：日本一家快递公司的名称。

人于是坐在小公园的长椅上休息。

这时，一位牵着一条小猎犬的阿姨走来。阿玄跑过去问：

“阿姨，请问您看没看见这只小狗？”

“没有。去动物医院问问吧！”阿姨和蔼地说，“有人看见丢失的狗和流浪狗，就会领去动物医院。医生怕是吃不消了，希望找到新的养主。所以，白兰瓜说不定……”

这是一个有用的信息。宠物侦探团立刻在公园里召开作战会议，做出以下决定：

先回家吃饭；下午骑自行车去动物医院；提前查好动物医院地址；不带贝贝去。

达也说：“早上我骑自行车来的，可是去阿玄家公寓取自行车够麻烦的，就从这里直接回家了。”

阿玄忽然想起蛋糕，说道：

“达也，那么去我家好了，家里有蛋糕。放下贝贝后，奈美也去吧？”

“蛋糕？”达也喜笑颜开，“那么，今天中午就不吃速食面了，吃蛋糕！”

阿玄和达也一起回家。刚到家，电话就响了。

“白兰瓜的消息！”达也叫道。

阿玄脱下网球鞋，赶紧抓起听筒。

“是妈妈……”妈妈的声音传来。

“原来是妈妈！我还以为是白兰瓜的消息呢！”

“那、传单贴了？”

“呃，还没贴完。达也和奈美帮忙贴，边贴边打听。可惜没有人看见白兰瓜。”

“别灰心，阿玄。替妈妈谢谢达也和奈美。”

“好的。下午我们打算去动物医院转转。”

阿玄讲了在公园里见到的那位阿姨说的话。妈妈接着说：“动物医院倒是没有想到，不过警察局和保健所那里，妈妈都打了电话。对他们说如果看见和马耳他犬一模一样的灰耳朵小狗，请一定通知一声。眼下哪边都还没有消息。就想把这个告诉你……”

妈妈继续说：“不过，动物医院一家一家转起来，那是够你们受的。这样怎么样？妈妈查一下动物医院的电话

号码，然后用传真机给你传过，你往医院打电话，问有没有和马耳他犬一模一样的灰耳朵小狗……会打电话吗？”

“会的。问问看。”

“那等我发传真吧。”

好长一个电话。

奈美来了。阿玄请奈美切圣诞蛋糕，自己泡了一袋红茶。

达也英勇善战，用蛋糕代替速食面，一连吃了四块。

不久，妈妈传来传真，上面写有

七家动物医院的电话号码。

电话是很复杂，但阿玄下定决心，开始拨动号码转盘。

“第一家。‘海港宠物医院’，回答说寄养的狗里边，没有白兰瓜那样的小狗。”

“如果那样的小狗进来了，请通知一声！”

阿玄讲了这边的电话号码，放下听筒。

“电话的打法，相当可以的嘛，98分！”奈美表扬说。

从第四家“铃木宠物医院”那里听得这样一番话：

“打听动物的时候，最好向小孩儿打听。和大人相比，还是小孩子留意观察小猫小狗。所以，传单要贴小孩子眼睛的高度。如果问大人，最好问女士，因为女士比男士留心。”

问到最后，哪家医院里都没有像是白兰瓜的小狗。

宠物侦探团打开全市地图，开始研究传单贴在哪里。

“才走了一点点啊！”达也说。

阿玄说：

“北面地铁站那边、南面坡路到滨海大道那边、西面沙见寺那边也要去一去才行。传单还有好多，三人分头行动怎么样？”

“好主意！”达也赞成，“侦探团兵分三路。我去北边。”

达也去北边、阿玄去南边、奈美去西边，就这样定了下来。

奈美侦探忽有所悟似的建议：

“呼叫白兰瓜，阿玄的声音最合适。把阿玄的声音录进磁带，我和达也边走边放录音。妙计吧？”

“又不是卖白兰瓜……”达也侦探说。

“‘白兰瓜白兰瓜，卖白兰瓜喽！’你是说这么骑着自行车，一边按铃一边转悠？我可不乐意！”

因为这一句，奈美侦探的妙计就报废了。

“像要下雪似的。”

奈美隔着窗玻璃仰望天空。早上还有晴空可见，现在阴了下来，一片沉甸甸的铅色。

达也数着传单说：

“别在乎天气什么的！侦探要‘不怕风、不怕雨’！”

三人在“海港之家”公寓前挥手告别，骑着自行车朝各自负责的地段飞奔而去。

阿玄沿着长长的坡路往滨海大道骑去。他把自行车放在自己看中的场所，开始在齐眼高的位置张贴传单。

坡路上，阿玄把传单给一位初中生姐姐看：

“请问看见这只小狗没有？”

“跑丢了吧？没看见。和马耳他犬差不多啊！看见了，就抓住它，然后跟你联系。”

阿玄递过传单，朝对方点头弯腰致谢。

不管男孩儿女孩儿还是姐姐阿姨，阿玄见人就问，女性尤其不放过。但回答总是一个样。

过了两点，鹅毛大雪飘了下来。阿玄一边吐着白气，一边用冻僵的双手继续张贴传单。

白兰瓜，冷了吧？非找到你不可！

白兰瓜失踪真相

达也和奈美也冒雪奋战。

过了三点，阿玄来到滨海大道——从这里可以透过纷纷扬扬的雪花隐约看见港口的轮船——手中的传单只剩一张了。

这时，对面拐角那里，一位身穿黑大衣的女士领着一条狮子狗拐弯走来。

阿玄吃了一惊：那脚穿白色长靴的圆滚滚的背影，和钥匙奶奶一模一样。

果真是？阿玄想着，紧踩自行车追了过去。

刹住自行车一看，阿玄又吃了一惊：停住脚步的女士是一位普通的胖阿姨。

“打扰一下，我正在找一只走丢的小狗……”

接过传单的阿姨脸上浮现出惊讶的神情：“会不会是昨天看见的那只白毛……”

“白毛……，您说白毛的……？”

阿玄紧张起来。这位阿姨知道什么。

怎么办？该不该说呢……？看样

子阿姨犹豫不决。

阿玄一咬牙说：“阿姨，请告诉我！”

“好，告诉你好了！昨天我发现一件怪事：有个男人，抱着一只看起来像是白毛小动物的东西一头钻进车去，就一眨眼的事儿。”

“在哪……哪里？”

“传单上面的港町图书馆。所以我想还是跟你说了好。不过嘛，那不一定是小狗哟！”

阿玄心脏像敲鼓一样颤动。

“昨天傍晚我去图书馆借书，出来一看，院子那边有一个小个头的男人跑了过来。天已经麻麻黑了，看不清是小狗小猫还是兔子。”

——“昨天傍晚”“港町图书馆”“院子那边”“白毛小动物”……

没错，白兰瓜被拐走了！

阿玄深受打击，险些瘫倒在地。

“什么样的车？”他勉强开口问道。

“车型看不清楚，反正是白色的轻型车。不过嘛，这么说你怕是心情不好……那只动物和你的白兰瓜……

不一定是同一只哟……也许我不该说……你不要紧吧？”

阿姨继续说：

“我的住址……名字叫桂木……再打电话……能骑上自行车？不一定是白兰瓜哟！小心骑车回家吧……名字叫桂木……不一定是白兰瓜的……”

阿姨的话断断续续留在阿玄耳朵里。

阿玄肝胆俱裂。尽管这样，他还是在漫天飞雪中拼命蹬着自行车。

白兰瓜！你被谁拐走了？！白兰瓜……！！

下面视线暂且离开阿玄所在的港町，换到繁华的元町商业街。

街尾有一间小小的事务所，一张落满灰尘的办公桌的一条腿上，拴着头扎红色蝴蝶结的小白狗。

正是白兰瓜。白兰瓜战战兢兢地用求助的眼神抬头看着三个男人。

一个金褐色头发、披着白色大衣，看样子像是女人。

一个个头不高，穿着一身蓝色西装。

一个红脸膛，满鬓胡须，口叼香烟坐在破烂的沙发上。

看出来了吧？这三人正是那三个坏蛋：长竿子、溜溜球、大胡子。

溜溜球得意地说：

“这狗大概是有血统证明书的名犬。趁长竿子向小孩子搭话的空当，我一把抓住它开车跑了。”

长竿子以撒娇的语调说：

“我装出问路的样子骗了小男孩儿。骗小孩子嘛，我的心脏一抖一抖地作痛——良心感到痛苦啊！看来干坏事影响心脏健康。”

“长竿子，你的所谓‘良心’……”

说着，大胡子从沙发站起来，“傻瓜无药可医，可是医良心的药，我还是找到了。一本高深莫测的宗教书上有这样一句话。”

“哦？头儿你居然看书？”溜溜球心悦诚服。

大胡子以沙哑的声音自吹自擂：

“那还用说！蹲监狱的时候，靠的就是书和朋友。”

长竿子说：

“头儿，那‘医良心的药’，是怎样一句话？”

“从前啊，有个叫亲鸾的了不起的和尚，他这么说来着：‘善人尚可往生，何况恶人！’

“所谓‘往生’，就是往天堂求生、上天堂。善人死了能去天国，这个理所当然。但我们这样的恶人，你认为会怎么样呢？”

长竿子担心地说：

“是要下地狱吧？”

“不然。佛祖是非常慈悲的，会解除人世间所有悲伤、所有痛苦。

“所以，关于这位和尚的话，通俗

说来是这样的：

“既然善人能上天堂，那么恶人怎么可能上不成呢！各位恶人，放心好了！因了佛祖的慈悲，罪大恶极的恶人完全可以上天堂，绝无问题，只管放心！

“记住了？善人能上天堂，我们没有道理上不成。

“所以嘛，只管无忧无虑地为非作歹，三人肯定一起上天堂，放心！”

大胡子趾高气扬地从鼻孔中喷出雪茄烟雾。“可那样一来……”

“眼下学校里经常欺负同学的孩子能不能上天堂呢？怕是还要下地狱吧？”

“欺负同学的孩子也能上天堂的哟！”溜溜球骨碌碌转着眼珠，喜滋滋地说，“以前我也总是欺负同学来着。其实欺负同学的人才是不争气、软弱无能、傻里傻气、可怜巴巴的。所以，肯定像头儿说的，佛祖的慈悲照样降临。好了，把这条狗卖了上天堂喽！”

长竿子也兴冲冲地开口了：

“正是，就按头儿说的办。把这条狗卖上 100 万①，咱哥儿仨上天堂好了！”

——啊，多么嚣张的恶人啊！

欺骗儿童，拐卖小狗，真以为能上天堂不成？

养主难过的心情、小狗的悲伤，他们对此完全无动于衷。一味自私自利，只要自己好就行，别人怎么样都不在乎。

可怜的白兰瓜！

① 译者注：1 万日元约等于 519 元人民币。

在这三个恶人的包围中，白兰瓜眼泪汪汪，陷入深深的悲伤之中。

钥匙奶奶来帮忙了

阿玄的公寓房间里，宠物侦探团三人一声不响安安静静。今天是白兰瓜失踪的第三天，十二月二十七日。又是个雪天。

阿玄从桂木阿姨口中听得“白毛小动物”的第二天，宠物侦探团三人向附近派出所报案了。年轻的警察很同情阿玄，认真做了记录。

但此后并没能接到警察的电话。

达也终于开口了："那位警察叔叔能不能快些逮住拐卖犯呢？我们毕竟是找宠物的侦探团，找犯人可就太难了！"

阿玄点了下头说："我也希望那不是白兰瓜。告知白兰瓜消息的电话一定会打来的，等等看！"

"没准儿钥匙奶奶会打来电话……"

奈美话音未落，"丁零零"电话响了，三人不由得互相对视。

"我是山田……"阿玄拿起听筒。

像是上了年纪的女士的欢快声音传了过来：

“是山田玄君吧？白兰瓜找到了！知道在哪儿了！”

“哦？白兰瓜它……！！在哪儿……？！”阿玄声音颤抖起来。

“元町站西口的‘交叉点’。‘交叉点’是一家咖啡馆的名称。面对车站，一眼就看得到——门上贴了一张纸，纸上写着‘转让爱犬’，还贴着白兰瓜的照片。”

“元町站西口的‘交叉点’咖啡馆，对吧？”

阿玄一边确认，一边心想果然是

钥匙奶奶，于是用颤抖的声音问：

“阿姨是钥匙奶奶，是不是？”

对方停顿了一下说：

“‘钥匙奶奶’？你说什么？我是看了传单，又注意到了，这才打电话的。那么，快去好了……”

电话就此挂断。

“阿玄，白兰瓜在的地方，你知道了？”达也喊道。

“知道了！这就去！边走边说。”

三个侦探就像警犬一般，在漫天飞舞的大雪中飞奔而出。

地铁终点站元町站西口那家咖啡馆“交叉点”，果然一眼就看到了。门上贴着这样一张纸，纸上有白兰瓜的照片。

转让爱犬　让利出售

♥ 附带血统证明书

日本马耳他犬的后代

详情请问本店

“‘让利出售’？白兰瓜成商品了！‘血统证明书　日本马耳他犬’，什么呀，这是？”达也说道。

阿玄瞪视着照片说：

交 叉 点 交 叉 点
交叉点
KOSA
TEN

“是白兰瓜，一点儿不错！进去！”这时，身后有声音响起：

“等等，阿玄……”

阿玄愕然回头，只见钥匙奶奶微笑着站在那里。她打着一把粉色雨伞，提着一个黑色手袋，拿着一串钥匙。

“钥、钥匙奶奶……”

三人瞠目结舌，像塑料模特儿一样动弹不得。钥匙奶奶忍住笑对三人说：

“我猜想宠物侦探团需要我，就从盛夏的澳大利亚急忙飞了回来。好了，我们进去讨回白兰瓜！”

三人跟在钥匙奶奶后面走进咖啡馆。

“欢迎欢迎！”

一位扎着红蝴蝶结的小个子老板站在柜台里笑脸相迎。

阿玄“咕噜”咽了一口唾液。

小个子！没准儿是桂木阿姨说的拐骗犯……

钥匙奶奶对老板说：

“那只让利转让的日本马耳他犬，请让我看看。”

咖啡馆老板满脸堆笑：

“这就拿给您看！这是一只在日本也很少见的新种狗……出类拔萃的名犬。万分值得买下。”

咖啡馆老板拎来一个天蓝色宠物箱，恭恭敬敬地放在地板上。

白兰瓜在里面！白兰瓜就在里面！

阿玄大气不敢出，眼睛一动不动。

老板以造作的手势打开箱盖。

样子疲惫不堪的白色小狗摇摇晃晃露出身来。虽然毛有些脏了，蝴蝶结也被拿掉了，但那毫无疑问是白兰瓜！

也许因为光线太亮，白兰瓜四下看了看，显得无精打采。阿玄张开双手，叫着跑了过去：

“白兰瓜！是我！白兰瓜……”

白兰瓜一下子两眼放光，马上不顾一切地朝阿玄扑去。

“咕咕——、吭吭——”白兰瓜响着鼻音扑在阿玄怀里。阿玄紧紧抱住它脸贴着脸，满眼泪水。白兰瓜熟悉的气味、亲切的体温……

“白兰瓜，对不起啊！受苦了吧？再不分开了哟，绝不分开！”

老板目瞪口呆地看着眼前的情形，忽然叫道："这是我的狗！胡闹！我花大价钱买的狗！岂能交给你这个不认识的小子！还给我！快还给我！"

"老板，冷静些……"钥匙奶奶居中调解，"这只小狗，你看出来了吧？是这位阿玄君养的狗——白兰瓜。看白兰瓜那个高兴样儿，喏！"

"岂、岂有此理！啊，胡闹、纯属胡闹！所有权是我的！小同学，你得还给我……还给我！"

老板狂喊乱叫，简直像任性的孩

子。钥匙奶奶静静地说："老板，你能主张这小狗的所有权吗？它可是失窃狗——是被偷走的。打开电视看看吧，偷走白兰瓜卖给你的犯人，正好上电视了……"

钥匙奶奶一指电视，电视"啪"一声开了。荧屏上一个女播音员说：

"关西方面，偷盗宠物狗、伪造血统证明书，然后低价出手的三人团伙，今天早上以欺诈嫌疑被捕……"

荧屏大大推出三人头像：大胡子、长竿子、溜溜球。

“就是他！那满脸胡子的家伙骗了我！”咖啡馆老板喊道。

播音员继续播报：

“为了逃避警察搜索，三人团伙流

窜到了关东，受害者似乎不在少数……”

三人那般想上的“天堂”——宣称干坏事会上“天堂”——原来是“牢狱”啊！

钥匙奶奶问：“老板，你给了大胡子多少钱？”

“10万日元！整整10万日元！”老板猛地伸出两只手的十根手指。“大胡子是这么说的：‘这狗可是新品种，名字叫日本马耳他犬，价值100万日元，但我现在急等钱用，10万日元就出手。’他还给我看了乱写的血统证明书……”

老板眼眶湿了，流出像是悔恨的泪水。老板继续哭诉：

“宠物店这么说来着：‘什么日本马耳他犬，没有那种狗，抓来的是杂交狗。’于是我想换掉，就贴了那张纸，结果你们来了，要把小狗拿走！啊——，我可如何是好！”

钥匙奶奶安慰他：

“老板，欲望越深，痛苦越大。欲望的皮扯掉了，受损是理所当然的。忘掉不愉快的事，笑着对阿玄说‘把白兰瓜还给你！’，好吗？”

老板眼珠“骨碌碌”一转：

“你要我笑着还回去？那、那不行！笑着白白还回去，那种事休想！”

钥匙奶奶忍住笑说：

“老板，你明知狗是杂交的，却在那张纸上写‘附带血统证明书　日本马耳他犬的后代’，这不是说谎吗！你是对我们说了谎的——对你这样的人该怎么称呼呢？这岂不是骗人的‘诈骗犯’？和我一起去派出所好吗？”

“派、派出所……？”

老板跳了起来。

“啊，太过分、太过分了！我给人骗了，赔了，苦了……这还不算，还成了‘诈骗犯’，警察还要抓我。啊，欺人、欺人太甚！

“算了，还回去、还回去！那条小狗还给阿玄君，派出所就别让我去了！”

钥匙奶奶和颜悦色地说：

“尘埃落定。经理，谢谢！谢谢你终于下了决心。那么，请和孩子们一起坐进里面的包厢，后面由我安排好了。”

钥匙奶奶三步并作两步走到柜台里面，扎上围裙，兴冲冲地说：

“想喝什么，快快报来！”

“橙汁儿！”“可乐！”“热牛奶！”

阿玄他们大声说罢，老板小声细气地说：“咖啡。”

阿玄在心里歪头沉思：

好奇怪啊！钥匙奶奶的做派，就像是咖啡馆主人似的。明白了，毕竟是钥匙奶奶。

但是，像犯人一样贪婪的咖啡馆老板怎么会变成了客人，和我们宠物侦探团坐在一起点餐呢？莫名其妙啊！

钥匙奶奶开始操作了。

从那黑手提袋里，食材一个接一个冒了出来。

“先做白兰瓜的。小汪汪嘛，鸡胸脯再好不过了。当然要加一点儿蔬菜，调调味。”

连环画剧——《安涅莉的狗》

好了，开饭！钥匙奶奶说，吃得饱饱的！

餐桌上摆得满满的：白鱼肉汤、烧扇贝、意面肉酱沙司、猪肉咖喱、烤牛肉、番木瓜沙拉……

白兰瓜想必肚子饿坏了，扑在地板上的食盘上大口大口吃着加蔬菜的鸡肉饭。

“那么就不客气喽！”

三人也吃了起来。好吃极了！

就连老板也赞不绝口：

“果然，这滋味，这香气，没的说！”

“那么，来个连环画剧？边吃边看。”钥匙奶奶从手提袋里取出大大的纸板：“故事叫《安涅莉的狗》，实有其事。”

01 瑞典马尔默城一座公寓楼里，有个特会爬的婴儿，名字叫安涅莉。

安涅莉和名叫路易的牧羊犬很要好。

一天，安涅莉顺着沙发爬上窗台，拔开窗闩，爬到窗外的窗檐上。

窗檐宽 60 厘米，高达 10 米。假如安涅莉掉下去，肯定会当场没命。

但安涅莉那么小，还什么都不懂。只见她在窗檐上高兴地往前爬去。

02 “安涅莉不见了！窗开着！”

爸爸朗格姆往窗外一看，顿时脸色铁青。

不得了！安涅莉在窗檐上爬个不停，路易“汪汪”叫着跟在后头。

“怎么办？就算站到窗檐上，因为隔着路易，手也够不到安涅莉……！”

03 朗格姆朝太太喊道：

“消防车，叫有云梯的消防车！”

然后一把抓起床单，跑到一楼，请四位行人拉起床单，以便安涅莉掉下来时在下面接住。

安涅莉和路易在窗檐上一点点向前移动。

大家完全奈何不得，只能求神保佑。

“啊——，快，快来啊消防车！”

04 窗檐上，路易不知想起了什么，一口咬住安涅莉的尿布，然后一下一下往后拉。

5 厘米、10 厘米、15 厘米……叼着尿布的路易一步步后退。

一步又一步、一下又一下，终于退到妈妈等着的窗口，安涅莉被妈妈的手紧紧抓起。

05 “安涅莉……安涅莉！你可得救了！”

妈妈抱着安涅莉大哭。路易在旁边定定地看着自己最喜欢的两人，悄悄摇晃着尾巴。

“这个‘聪明的路易’故事，在全世界都很有名——讲完了！”

“呱唧呱唧”，鼓掌鼓得最响的，是咖啡馆老板。

“好故事啊！我家住的也是公寓楼，也有穿尿不湿的婴儿。哎呀，催人泪下啊！”

阿玄吃了一惊，老板真的哭了。

他一边抹眼泪，一边抱起吉他说：

“抹眼泪怎么行，我来唱一支歌好吗？”

“当然好！欢迎欢迎！”

钥匙奶奶把完全镇静下来的白兰瓜抱在膝头，脸像花开一样灿烂，显得喜不自胜。

咖啡馆老板在大家的掌声中高兴地说：“今天挨了钥匙奶奶的批评，那么就唱一支《挨了批评》吧！原本是寂寞的歌，改成开心的歌好了！”

“砰砰嚓——！”经理弹响吉他，唱了起来。声音很好听。奇怪，歌声是那么甜美、温情脉脉。

被骗了　被骗了

小狗稀里糊涂买了

赚钱梦白做了

梦想就像肥皂泡

“啪”一声破灭了

赔钱了　赔钱了

欲壑难填知道了

人生艰难体验了

自己太不争气了

可我绝对不闹　不哭

不觉之间，宠物侦探团三人站在了阿玄公寓跟前。阿玄紧紧抱着白兰瓜。

“到底发生什么了……？”

达也慌慌张张地四下打量。雪停了，祥和的冬日暮色笼罩着大街小巷。

“奇怪啊！我们没和钥匙奶奶在一起吗？没在咖啡馆里吃钥匙奶奶做的饭菜吗？”

奈美也怔怔地说：

“什么时候来着？达也好像吃猪肉咖喱吃得津津有味，音乐也听来着。”

“可是奇怪啊！想不起来了。我们去‘交叉点’讨回白兰瓜了嘛！可钥匙奶奶莫不是很久以前在别的地方见到的？”

“啊，算了！”达也摸着白兰瓜说。“白兰瓜平安无事。宠物侦探团就地解散！”

阿玄说：“谢谢了，达也。谢谢了，奈美。白兰瓜回来了，实在让人高兴。不知怎样感谢你们才好……”

“阿玄，别一本正经说怪话！我回去了。”达也说。

奈美也扬手告别：

“我也回去了。阿玄，再见！白兰瓜，拜拜！下次见！”

“再见！谢谢——！”

阿玄一边目送两人，一边回想钥匙奶奶。

那笑脸、那欢快的歌声、那好吃的饭菜，还有老板那奇特的歌……

这些记忆一一鲜明地浮现出来。

钥匙奶奶，谢谢！我不会忘记钥匙奶奶，永远不会忘的！

彻底放下心来的白兰瓜暖暖地贴在阿玄的胸脯上。

后记

三个恶人又出场了。“手岛叔叔，你就那么喜欢那三个人？”孩子们很可能这样问我。真这么问，说不定我会一边反省自己是不是真喜欢上了那三个傻乎乎的恶人，一边装模作样地回答：

“人生，就是和恶抗争的一场戏。而且，要抗争的恶不在他者和外部，而是盘踞在自己身上——总之就是要和自己战斗。”

这且不说，擅自把亲鸾说的“善人尚可往生，何况恶人”那句话，作为三个恶人的“良心药”（麻痹心灵以免受良心谴责）而戏谑化了，就这一点我要向佛门各位致歉。不皈依大慈大悲的阿弥陀佛而大谈“恶人正机”思想，很可能沦为无法无天的利己主义的拥护者（喝醉的时候浮上后悔的自己心间的，就是充满慈爱的亲鸾的这句话语）。

我完全没有向读者说教的打

算——这句信仰极致层面的名言，沦为大胡子口中的解释和廉价的安慰，其实是现代道心浅薄的表现，我为此感到悲哀。

连环画剧那段插曲，取自莫里斯·巴顿的《动物有爱吗》（垂水雄二译，早川书房出版），那是1977年实际发生的故事。

最后向总是把钥匙奶奶画得赏心悦目的冈本飒子表示感谢！

手島悠介